遺忘

——林鷺詩集

「含笑詩叢」總序／含笑含義

叢書策劃／李魁賢

含笑最美，起自內心的喜悅，形之於外，具有動人的感染力。蒙娜麗莎之美、之吸引人，在於含笑默默，蘊藉深情。

含笑最容易聯想到含笑花，幼時常住淡水鄉下，庭院有一欉含笑花，每天清晨花開，藏在葉間，不顯露，徐風吹來，幽香四播。祖母在打掃庭院時，會摘一兩朵，插在髮髻，整日香伴。

及長，偶讀禪宗著名公案，迦葉尊者拈花含笑，隱示彼此間心領神會，思意相通，啟人深思體會，何需言詮。

詩，不外如此這般！詩之美，在於矜持、含蓄，而不喜形於色。歡喜藏在內心，以靈氣散發，輻射透入讀者心裡，達成感性傳遞。

詩，也像含笑花，常隱藏在葉下，清晨播送香氣，引人探尋，芬芳何處。然而花含笑自在，不在乎誰在探尋，目的何在，真心假意，各隨自然，自適自如，無故意，無顧忌。

詩，亦深涵禪意，端在頓悟，不需說三道四，言在意中，意在象中，象在若隱若現的含笑之中。

含笑詩叢為台灣女詩人作品集匯，各具特色，而共通點在於其人其詩，含笑不喧，深情有意，款款動人。

　　【含笑詩叢】策畫與命名的含義區區在此，初輯能獲八位詩人呼應，特此含笑致意、致謝！同時感謝秀威識貨相挺，讓含笑花詩香四溢！

2015.08.18

序詩／遺忘吧

遺忘吧

當我終於成為

一首

告別詩

何必費心典藏

生命向來

只是

時間流裡的沙漏

沒有征服

只能臣服

遺忘吧

遺忘偉大

遺忘微不足道

遺忘隨風而起的

飄零

當葉子掛著季節

一片片

默默地落下

遺忘
006

還是
遺忘吧

2012/06

自序

　　認識詩，喜愛詩，對我而言是一件極其自然的事；然而，成為一個「詩人」卻不是我人生既有的規劃，何況年輕的時候也沒能懂得「詩人」的真正意涵。五十歲時，在前輩詩人李魁賢的促成下，出版第一本詩集《星菊》，開始認真走向成為一個詩人的旅程。十年間，我的作息還是習慣把家庭擺第一，所幸先生和兩個孩子，總能貼心分享我的世界，因為沒有寫詩的日子，並不代表我曾經遺棄所喜愛的詩文世界。

　　寫詩對我而言，一直都是非常個人的事，從情感的醞釀到一首詩的完成，於我確實是精神上最好的回饋。我的閱讀與寫作沒有設定外在的戰場，這和我喜歡自在的個性有絕對的關係，也和我看似平凡卻隱藏精彩的人生有著奇妙的啟發。過去這段時間，我認真閱讀詩友們的創作，熱中寫我的讀詩心得，自己也不知不覺創作了為數不少的詩作，它們紀錄了我的所見所思，讓我對於詩的能量與詩人的角色有了更深一層的界定。

　　我向來疏於管理自己的作品，這回整理出超過兩百首以上，並突然興起把舊作找回來的念頭。那些只能從笠詩刊前三百期編目索引裡找到的線索，以及早期在岩上前輩主編的《詩脈季刊》上發表過，被「遺忘」的學生時代作品，多虧他

的幫忙，總共找回近四十首。我擇取其中二十四首，有的略作
修訂，放在這本總共百多首，分成五輯的詩集裡面的最後一
輯，聊以自我交代。

　　喜歡旅行又戀家的我，因為體力、視力的日漸下坡，加上
與時間賽跑的結果，不得不暫時放棄寫作評論；然而，我的心
還不想老，這個世界對我依然充滿新鮮感。我前所未有的珍惜
屬於自己不可知的未來，即便坦然了知一個平凡的生命，如
我，終將很快就被這個世界所遺忘。

2015/9/24

目　次

【輯三】

【輯四】

014

【輯一】

不要隨便跟詩人握手

詩人的手是純潔的嗎
詩人的手是柔軟的嗎
詩人的手是浪漫的嗎

土地
人民
熱血
眼淚
無染的真理
不都是詩人用手寫下的隱喻嗎

請不要隨便跟詩人握手

我看到高處的風信雞
指著風向的
竟然是一隻詩人的手

發表於《文學台灣》第74期，頁116

曾經

曾經
曾經我們仰望你
如仰望那顆
黑夜裡最靠近天國的
指路明星

曾經
曾經你告訴我們
這國的主人
必須學會侍奉他的奴僕
恐懼背叛了神的旨意

曾經
曾經我們一心一意
跟隨你的腳步
甘願用鮮血
餵養一路上的荊棘

眼見禪與劍的比試
驚絕招式
那可親近的國呀
似乎在風雨雷電當中
逐步成型

然而　曾經
想用最虔敬的心
以父之名指稱你的子民呀
如今　卻
不知該如何控訴

2007/11
發表於《笠》第263期，頁30-31

這一頁

你翻開這一頁
我翻開這一頁
他翻開這一頁
我們共同翻開的
這一頁

空白
等待無盡的期盼
還是
永遠的告別

暗夜裡
有人
在背棄的曠野裡
哭泣

像白色畫布
被亂刀劃破的

這一頁
是否將變成
風雨中
一枝翩飛的白幡
拍響
無法回頭的
記憶

2008/04
發表於《台灣現代詩》第14期，頁7

傷心夢土

我的夢土流落在黑暗的邊緣

呼喚你的良知

你那可作為的權柄與生命

來自佈滿荊棘與試煉的地獄

那兒鮮血曾經流淌

那兒口舌曾被封閉

那兒死神曾經猖狂

那兒靈魂曾經抵抗

還有眾多的心留下缺角

正在永不回頭的歷史裡

等待圓滿

我的夢土蹲在黑暗的角落裡

嚶嚶哭泣

如今

她是一個錐心刺骨的母親

在風霜織就的皺紋裡

起身點起一盞流淚的燈

2008/05

發表於《台灣現代詩》第15期，頁6

旗的私語

誰說我是一面旗
啊～啊～
請不要把你的意識
隨意投射在我的身上

我既無愛慾
　　也無私情
我既不神聖
　　也不污穢

不要搖我
不要搖我
千萬不要搖醒我的記憶
在這尷尬的時代
那是多麼紊亂與沈重的代價

我流過血的私處
再也無法誕生可貴的新生命

如果
如果你硬要說
我是～
我是一面令人稱頌的旗幟
啊～啊～
我倒要摀著臉
　　　偷偷地哭泣

因為
因為無論如何
我不想
我不想當一塊
在風雨飄搖中被輕取下來
清洗再掛上的遮羞布

2008/12

2010/4發表於《台灣現代詩》17期，頁5

入選2009年《台灣現代詩選》

對立

我們沒有
安定的土地
這裡是
一片動盪的海域
我們分不出東南西北
一起在這裡
載沉載浮

遠處出現一個
曖昧的港灣
藉著風
勸我們靠岸

我們開始對立
然後航行
在一片迷霧裡

2009/01
於《台灣現代詩》第17期，頁5

鷹的眼罩

鐵匠精心打造
一隻鷹
對於天空的揣度
以及
牠對於主人的忠誠度

自由向來
不只是單純的想像
雖然
獵殺未必是
一隻鷹
從高空往下俯視的
唯一慾望

鐵匠鎮日精心打造
一隻鷹
合宜又精緻的面罩
為的是隔絕牠

終日對於天空的愛戀
抑或只是
等待
天空暗下來以後
鷹對於主人的歸順

2010/04
發表於《笠》277期，頁83
入選2010年《台灣現代詩選》

致命的稻香

望過別人的土地
飄來陣陣歡愉熟悉的香氣
長繭龜裂的雙手
此時
也該捧起滿滿金黃的穀粒
讓陽光的味道
在摩挲中
從指縫滿足地滑落地

你們也該讓阿嬤的稻埕
等待收成的這一季
好讓他裸裎的胸膛擁抱歡喜
恁她以習慣的節奏
為他耙梳
粒粒豐實飽滿的神蹟
叮囑子子孫孫不輕易忘棄
「生生不息」的道理

阿嬤再也找不回她的土地
連同灌溉生命意志的池埤
歷代世居的古厝
竟也成了擋路的違章建築
你們用阿嬤的絕望
污衊她一生樸淨的想望

阿嬤用青春踩過厚實的土地
歲月總也自然明白
「天是父・地是母」的倫理
汗水和著土香
飄溢大地之母懷胎受孕
以愛辛苦成熟的味道
再見了
阿嬤一刻也無法忍受
那被殘酷掠奪的陣陣香氣

2010/08

發表於《笠》280期，頁29-30

詩人趕集

你是不是詩人？
除了筆
你的手還握過誰的手？
詩人的禮貌
為何讓和平的勇氣
感到格外恐懼？

他是不是詩人？
他的足跡
印在誰家的土地？
當詩人的手
把酒杯高高舉起
那微醺的醉意
為何讓良知的宴席
飄溢市儈的氣息？

我是不是詩人？
不！

我的心地還不夠純潔
我的眼淚還不夠慈悲
我的憤怒還不夠正氣
啊！
請不要告訴我：
月桂樹也嘆息！
我看見「詩人」
帶著敏感的得意
急著去趕集

2010/11

尊貴的椅子
——觀電視轉播2010諾貝爾和平獎頒獎典禮

聖白潔雅的茉莉花呀

今天你綻放的清香

為何傳來陣陣顫動的憂傷

儘管你的眼神

依然煥發著自信的神光

小提琴的弦音

彷彿也已經把你帶離

層層封鎖的黑牢

就在今天

儘管世界對你

默默地引領企盼

為著

在寒冷的奧斯陸地上

已經為你備妥

一張無比尊榮的椅子

就在

尊貴的國王與王后中間

茉莉花呀茉莉花
為何僅僅是一張椅子
此刻卻是
世人眼神聚焦的地方
而那被期待的和平
正以無比昂揚的磁波
傳遞堅毅的音浪
襲擊良知的心牆
而那被哀哀呼喚的人權
此刻謹以
一張無比尊榮的椅子
向受苦的世界發言
茉莉花呀茉莉花
我也呼吸著
你沉默且哀傷的清香

2010/12
發表於《台灣現代詩》第25期，頁11

神的容貌

無法遇見的
神的容貌
怎麼會在人間出現
無瑕的臉龐
俊秀的線條
隱約刻劃出某種慾望
偶而從嘴角飄出的
一抹微笑
竟然
有如天上的白雲一般
不容爭辯

那是神的容貌嗎
終於被人看見
他（祂）
不必俯視卑微的眾生
他（祂）
不必傾聽煩膩的禱辭

以無數的背影
走出凡人望不見的高台
終究沒人清楚
他（祂）的旨意
究竟隱含多少代價

本來無法預見
卻被深深迷戀著的
神的容貌
真的在凡間出現
且近且遠
飄忽而爛漫
他們說
那是天上無瑕的雲
豈容凡人爭辯

2011/07
發表於《笠》292期，頁61-62
入選2012年《台灣現代詩選》

假面人

承載著過久的虛張
終於　可以
卸下沈重的面具

臉的鬆垮無非見證
彈性疲乏是自然的鐵律

只是回復一張臉的
本來面目
而已

何必如此驚慌
何必如此怨嘆
我只不過輕輕地
為自己
鬆了一口氣

2012/10

發表於《笠》292期，頁62

王者的天空

這是一片無邪的天空
一隻鴿子飛過
一隻烏鴉飛過
一隻琵鷺飛過
一隻最後的春燕
　　　飛過⋯⋯⋯

這是一片無私的天空
飛來一隻盤旋已久的禿鷹
張開無比巨大的翅膀
乘著氣流
上下左右
掌控一整片天空

被長久爭論不休的
天空　終於失去眾鳥的聲音
被地面仰望的

是一片逃亡的天空
是一片哀傷的天空
是一片王者的天空

2013/11

發表於《笠》第300期，頁93

家園

我們的家園
只祈求單純的平安
我們的心靈
從不想要
太多的離奇驚悚
我們簡單的快樂
只在為
青山綠水的永恆
歌詠

你們嘹亮的歌喉
不該被死神
突然封鎖
你們耐力的雙腳
該活力地越過
無數青翠的山岡
你們的視野
難道不是放眼在

後代子孫
幸福永遠的未來

可是啊！
這癱軟的創傷
為何不斷地滲出
污紅的血水
掩鼻的惡臭
在祖先曾以生命
疼惜過的土地

2009/08
發表於《笠》第273期，頁8

回家

回家
回家的簡單歡喜
為何如此
被殘酷無情地扭曲

誰來告訴我
「家」的意義
對於這破碎的一切
該如何補綴

回家
我要回家
請你告訴我
家的門牌與方位

回家
我要回家

請你告訴我
我的親人在哪裡

2009/08

記：豪雨小林滅村

發表於《台灣現代詩》第20期，頁92

不安的溼地

我曾逆風走在沙灘
那兒是我心底永恆的故鄉
我曾把赤裸的雙腳深深埋入溼地
那裡到處藏匿著美好的回憶

左鄰右舍的叔伯袒露古銅的肌理
他們一輩子安住偎靠的海坪
有我無法清除的親切氣息

海風陣陣吹拂我的臉頰
也曾把我年輕的夢想
送向遙遠又浪漫的地方
我曾用我的腳印
追逐即將沒入地平線上的夕陽
招潮蟹也慌慌張張地捉迷藏
海和尚一群群忙進忙出
在遼闊的快樂溼地

青蚵仔的美味
曾經讓我半夜偷偷地流淚
成群盤旋的鷗鳥啊
我想知道你們是否依然
把蛋埋進不遠的沙地

溼地呀溼地
幾時你得開始憂慮
你懷抱的竟然是
弱勢生命中的弱勢族群
濕地呀濕地
你是一塊永遠跑不了的土地
你的喉嚨也發不出抗議的訊息
啊！不記得了
不記得從什麼時候開始
我的眼睛啊

竟然　也
變成一塊日夜不安的濕地

2011/04

發表於《台灣現代詩》第20期，頁92

真與假

這是真的

一切真的都很假

假的早就已經變成真

反正你們

真的很快就忘記

鞠個躬

道個歉

反正你們

真的很快就原諒

米糠油

塑化劑

吊白塊

再加毒橙劑

餿水油大家吃

美豬美牛別抗爭

豆芽菜也美白

布丁牛奶統一味全到

歡迎光臨美食天堂

101高高聳
帝寶14所
中嘉
台灣之星也在握
鯊魚返鄉張牙咧嘴
四處游
一切都是真的
假裝很久

發表於《笠》詩刊2014年12月號，頁50-51

失眠的都市

【一】

天微微亮
寂寞在滴答的雨聲中
潮溼了一整夜

緊急的煞車聲
尖銳地
劃傷了　都市
早晨的喉嚨

【二】

上班族的眼壓還沒下降
無薪假的抗生素
仍然繼續力抗
失業率飆高的體溫

殺了一個十歲兒童的嫌犯
供稱　不過是強迫國家
負責他往後的一生

深夜失眠的都市
聽說
熱鬧在
爭奪回收資源的巷弄

【三】

註定失眠的都市
終於露出看似定魂的疲態
承受白天過多的光害
遊走的幽靈們
開始尋找　都市
隱晦陰暗的角落

【四】

伸了伸懶腰
打個長長的哈欠
感謝浮華偽善的都市
有教養地
把流浪漢膩稱做街友
感謝小人物不變的心願
溫暖預告
可能爆衝的街頭尾牙宴
唉！
又是一年歲末寒冬
在失眠的都市

2012/12冬夜
發表於《文學台灣》86期，頁102-103
入選2013年《台灣現代詩選》

一朵花

寂寞是一朵花
開在峻峭的高崖上
抖擻風的無情
領受雨的戲謔

緊緊抓住崖壁
豎起傲岸白衣領的
那一朵
原生的寂寞
堅持擎起生命的喇叭
抵抗一波波
襲擊耳鼓的濤浪

2008/04
發表於《台灣現代詩》第14期,頁6

藏味

冷霜般的日子

逃亡印北

輾轉迴向給

正午時刻的經讚

哈達隱約在酷寒的風中

以尊貴純潔的手勢

向我遠遠告別

Free Tibet

Free Tibet

牆上達賴喇嘛的肖像

始終漾著微笑

傳送我

一種

智者神秘的隱喻

那鑲著貝殼的面具

也在夢中

不停地
搖幌長毛綿羊的聲浪
提醒我
跟著山
跟著雲
跟著放浪藏味的速度

讓青稞和著淚水的糌粑
讓雪釀隨著飄香的酥油茶
暫住這安身的小巷弄
自在呼喊
Free Tibet
Free Taiwan
Free World

發表於《台灣現代詩》第13期，頁7-8

【輯二】

老母　清晨的仰望

清晨
連日大雨終於停了
這是她守候一生的老厝
撐起游絲般的氣息
推開一扇迎送親情的紗門
她不顧勸阻
查看屋埕年年不同的風情
感嘆轉眼夏天又要來到
孝順的兒子早已清除
瓜棚去夏的黃金百香果藤
為了阻隔老家年年升高的熱浪
串串鮮綠垂吊的葡萄
夜夜肥大的鮮嫩葫蘆瓜
奉命一起重新裝飾
老母今夏不一樣的棚景

仰望親子的清涼
也有一些說不出的喟嘆

廳堂早晚挺立的柱香

繚繞她信守人媳孝道的良善

婆婆的愛言始終在她的心裡飄香

18歲入我家門

95歲獨自守候門扉的傳承

世態自有一翻看待

寡言老母向來不索回報

努力挺起佝僂的背脊

她的肢架

有如老厝被歲月腐蝕的樑柱

在連日豪雨過後的清晨

依然固執仰望未來的永遠

子孫個個圓滿享福報

2014/05晨

淚的味道

尋找一種遙遠的味蕾
它藏在午覺醒來
小鎮街道彎處
簷棚下的
小擔子
濃濃綿綿的花生甜湯
搭配一根
酥脆的黃油條

父親啊
您所在的天堂
是否偶然也會想起
那輛踩踏多年的舊腳踏車
曾經轉動孩子們無憂的童年
共享天倫的味道

今秋夕陽斜照
手牽手

兒子陪伴閒逛華西街
不經意發現
有人為我留住
夢中尋過千百回
讓我邊吃邊流淚的味道

2013/10

拍打水岸

挽手燈眼
燃燒長河兩岸的曲折
夏夜漫步晚風
攫掠水色的絲絲清涼

水銀燈
越河
漂染霜色草地
燎原
熠熠燦燦的小星花

飛魚驀然挑起
暗叫的波漩
蒼鷺斜飛
夜色的羽翼
拍打幸福霓虹水岸

記2006/07與夫夜走新店溪步道。

牡羊星圖

廣袤的天空布滿剛強的柔情和堅毅的野心
我曾經迷航在那張上蒼設定好的星圖
妳問我親子為何在人世間別無選擇的相遇

文字的敏感度證實學識的晶片必植入孤獨
可以從漢聲小百科裡自學狗爬式泳技
卻無法掌控一顆球在操場自由滾動的速度

終究已讓自己握住一方被蓄意遺棄的國土
讓郁郁花草默默地植株在自己的土地
那隱藏原生密碼的染色體也正複製著理型

牡羊對自我解釋固執來自性別弱勢的抗衡
我把朝代的對照表布置在書房小天地
想像恁妳依照自己的意象規劃的專屬星圖

兒子當兵

兒子就要去當兵
他擁抱我
說
只不過去參加
一個比夏天還長的夏令營

初嘗
「絕對服從」是鐵的紀律
「不容挑釁」屬於軍中倫理
「荒謬威權」更叫絕對合理

向來樂觀的兒子
安慰自己
當作是一場人生喜劇
學蠶破繭
蛻變成一隻
真正會飛的蛾蝶

不過
昨天深夜
忽然
從刺耳的手機聲中驚醒
匆匆接收一句：
只想聽聽媽媽的聲音

2006/12
發表於《台灣現代詩》第9期，頁15

異想之境

你想穿透一個夢境
聽一聽風在遠方的處境
她沙啞的嗓音
有時在危高的山崖高歌
有時在幽暗的深谷搜尋
她赤裸的雙腳
長著透明的翼翅
有時向橘色的漠地靠近
有時向雪國的故鄉挑釁
她讓遠方的風帆
看見即將沉沒的夕陽
她讓無趣的戈壁
在黑暗飲酒的夜裡
有了金色的幻夢

2009/01
發表於《笠》271期，頁212

玫瑰的顏色

像夜一般的玫瑰的顏色
在冷藏的櫥窗裡
究竟要被拿來送給誰
懷疑她們的品種不夠純淨
或許才能嘩眾取寵
對於路過的眼神

掌握著智者般愛的代言權
即使有九十九朵的熱烈
畢竟還有一朵僅存的缺陷
看不到被隱藏的莖刺
在必然需要包裝的年代
玫瑰有了像夜一般的顏色

發表於《笠》288期，頁49

荷

一夏的姿顏
粉嫩娉婷
張舖鮮綠的舟舫
等待蛙鳴
讓熱的急促
喘息

滴露的清涼
慈悲回音
宛若深夜雁鳴

清麗的孤單
擁抱季節的回憶
步入終極墜落
溶骨血為
池中的一攤污泥

2009/06
發表於《笠》273期，頁131

問蟬

聽蟬音幾許淒切

悶雷鎖烏雲

去夏褪殼黏枝

音律遠颺失聲

無名的燥熱

滾燙腑臟的虛火

你的薄翅

可搧得動那

暴雨過後

滑動枝椏的風

2009/06

發表於《笠》273期，頁132

咖啡問卷

味蕾新品咖啡的上市
商家展卷調查
敏感度的年齡層

假設我的年齡
在已設定的極限之內
相信我的咖啡感測
沒有鈍化成
更年期的障礙

看似年輕十歲的驚訝
嘆息
骨質流失味覺的享受
有著說不出的
咖啡體驗

2006/07

發表於《台灣現代詩》第8期，頁19

問神

那具上了鎖的身軀
是祢殘酷的詭計
抑或深不可測的美意

黑牢冰凍歲月
剩下唯一的季節
祢為何不語
僅僅留下
兩扇小小的窗
讓天光流瀉

神啊！
誰來呼喚走失的季節
拆解
眼淚深處的秘密

附註：為漸凍人而寫。

發表於《台灣現代詩》第11期，頁7

大肚能容

幼時的缺陷

填滿日益茁壯

我的滿足

因著生活的浮誇

漸次畫出

圓融的弧度

你可知道

我的心不再跌倒

也不再眷戀

所謂

完美的曲線

2009/01
發表於《台灣現代詩》第22期，頁6

融合

不要斥責我們

缺乏獨立的性格

你們總是說

叛逆從來就不是

一首動人的歌

我們還只是

一顆受精卵的時候

就已經融合共生

在母親子宮的愛河

不要懷疑我們

不懂世間的人情世故

願一切真善美

都不只是

美麗的包裝紙

2009/01

發表於《台灣現代詩》第22期，頁6

下雪的春天

雪怎麼下在這樣的季節
這是變色的地球
冰封的春天
封鎖了大半個世界
猝死的生命
是否根本不曾想過
在原本春情萬發的季節
生命竟然如此倉促
這是個下著暴雪的春天
在哀悼的地球
在亞熱帶的島嶼
在向來不輕易雪封的山上
希望的訊息　竟然
傳達出一個警惕的季節

2014/02
發表於《笠》300期，頁94

牆的呼喚

隔絕了什麼？
暗示了什麼？
掩飾了什麼？
我不過是一面單純的牆
無論如何
阻止不了你們的想像

你們看了看我
就斷定我的內心一片冷漠
我畢竟不是一面鏡子
無法映照你們複雜的心情

日日夜夜
我聽來來往往的腳步聲
分立自己
在兩個絕然不同的世界

來吧！
來把我變成一塊畫布
來彩繪這內在荒涼的世界
變我成一片抒情的風景

2014/01

發表於《笠》304期，頁73

旅行

為了尋找一片全新的風景
我們決定一起去旅行

新的物象
新的路人甲路人乙

腐爛吧
那些陳舊的心情
那些被蛆啃蝕般的過往

我們的心境
擁抱著一片全新美好的風景

我們是過客
是別人新鮮的路人甲路人乙

2013/04

發表於《笠》304期，頁74

早安陌生人

早安
黯傷的心
黑夜就快露出一道曙光
出發吧
開始不一樣的一天

101大樓的高度
浮貼在新店溪對岸的天空
等待
針尖瞬間點燃
隱藏變數的一天

早安
今天的第一位陌生人
提醒　河岸的風景
在反向大廈的帷幕玻璃上
投射出美的門道

早安
今天的第二個陌生人
要我別忘了搖蕩
太陽躍出天空以後
河面上居高臨下的風情

早安
今天的第三個陌生人
一頭穿越時間的白髮跑者
送上真誠的微笑
他讚嘆清新的每一天

早安
縫合的心
早安
不一樣的今天
早安無比可愛的陌生人

2013/05新北環快高架步道

發表於《笠》296期，頁54-55

詩的風暴

遠離憤怒的風暴吧
假如　不幸
你竟然是一個詩人
當詩的怒氣
逐漸失去隱含的軟柔
讀詩的人
終將失去一面
可鑑的明鏡

暫時離開暴風圈吧
假如　不幸
你竟然是一個詩人
當詩的怒氣
逐漸失去僅存的理性
公理正義的呼喊
也將期待以詩的眼淚
滋潤傷口的苦痛

2010/12
發表於《笠》283期，頁21

給天星ê話

天星
天星
恁嘛通bih
恁敢還ê記得
恁捌佇天頂看阮咧走相bih

天星
天星
阮想要來問恁
彼冬時的囝仔伴in攏畏多去

天星
天星
望恁還ê記得
阮ê目屎甲眠夢
攏捌用攔心意寄乎恁

天星
天星
恁敢ê知影
當阮惦惦向天金金看著恁
嘛捌想要爬上天頂去
因為阮會嘸甘
看恁一直銜著珠淚咧閃爍

2010/07
發表於《笠》282期，頁21

故鄉ê風

故鄉ê風有海水ê鹹味
六叔公仔做ê風吹嘛捌佇天頂咧飛
聽底咧講
阿公仔彼冬時
順風坐船到廈門去做生利
阿嬤捌佮子孫講：
咱ê公媽牌毋擱再倒轉去唐山
這是咱世世代代ê故鄉

故鄉ê風有沙佇咧飛
防風林內阮聽到海湧咧講話
漁船ê燈火哪閃爍，天就漸漸黑暗去
厝邊ê阿叔隨風出海去掠魚
煞毋擱再倒轉來團圓

故鄉ê風是我即世人ê好朋友
我ê初戀嘛佇風中發生
伊知影我少年時袸ê眠夢佮心情

發表於《笠》277期，頁46
2012年收錄於東京外語大學語言研究所台語教材

初見葉笛

第一次握手
你半臥病床
驚見你的白髮與鶴顏
閃爍同等光澤

聽說你的詩情
橫過半個世紀
向來在酒流的澄澈中
照見自己

癌細胞偷襲你的腺體
怎能
因著你說

我們都擁抱著死亡而活
做為一個詩人
生死早已看淡

初見葉笛
詩是道

附記：2005/08於成大附設醫院初見葉笛。

發表於《笠》250期，頁44-45

葉笛
──悼詩人葉笛

你以一片葉子的身影
離枝飄落

轉述最後的話語
「不要哭泣
這是再自然不過的事

請快樂分享
我瓶中僅剩的美酒

沙喲那啦
再見了」

順風乘著玉蘭花的香息
你以絕美的詩句
化做這片摯愛土地的塵泥

去夏初見
今夏告別
竟成
我旅途深刻的風景

拾掇一片不捨的凋零
反捲成一管
獨特的
葉笛
讓我為你輕輕吹奏
送行曲

2006/05
發表於《台灣現代詩》第7期，頁47

海的盡頭
——詩祭錦連

海的起源是冬陽滑落的所在嗎
寒流在南方是否比較貼近詩人的心意
有著暖烘味道的身體
將要以粉末飄灑的方式
寫下您最後的一首詩
啊～不就是塵歸塵的道理嗎
波浪將要翻騰您高亢的聲調

紅顏救詩的傳奇
已經為您寫下人生最大的幸福
何況有詩追憶
咳嗽的吊橋承載過青春共享的歡愉
喜歡暫停的車站難免揮別
談詩論劍的豪情
也不枉費熱烈思想的一生
啊～唯有那島國失血的語言
在您離去之後
不得不加深寂寞的彩度

生命的鐵道總是彎彎曲曲

平行的線條就在海灣的盡頭交會

唧著您的詩句的海鷗

開始盡情地飛翔

當巴哈的樂曲響起告別的樂章

海的起源告示一種存在

可以是一部在海盡頭的經典

2013/01

附註：詩人錦連的夫人是他生命的知己，曾在家裡遭逢
水災時，寧救夫婿的詩稿，而捨救現金。錦連與
詩人羅浪是至交詩友，他年輕時，常搭火車到苗
栗找詩人羅浪，也曾同遊。羅浪曾向我提及他寫
的〈吊橋〉就有錦連同遊的記趣。

發表於《笠》294期，頁169

髑髏酒杯
——悼詩人羅浪

丟下垂釣人間的釣竿
飲盡一杯生命滾燙的烈酒
消息傳來幾日
我的窗外也下起暴雨
而都市沒有風景
只是徹夜聽見你的詩句
依然
以奔騰鼓動的節奏
拍打在翠綠的芭蕉葉上

你說
你用一半文字一半腦瓣
寫下失去自由的詩篇
嘲弄一段不堪回首的歷史
雖然那些年
你的青春與笑聲
也曾伴同青少年詩友
寫在那個騎著單車踏過吊橋

穿著紅裙
讓風打滾的少女身上

談起殖民從軍的往事
拜倫的髑髏酒杯
盪漾著詩人天生的嚮往與浪漫
回憶揀骨師父親
就著星月
擦拭骷髏頭骨的身型
教示判讀死者生前修為的高下
三更伴眠的熟悉汗味體香
於是為你的詩留下
堪輿學就是哲學的奇異元素

啊！詩人
翻閱你老耄顫動的墨水筆跡
你寫下的贈言
依然散發出正直不阿的誠意

未來的時辰星月還會爍明

只是　你已經

以父母合鑄的髑髏酒杯

盛滿自己的熱血

獻祭給這片生養過你的土地

而　我知道

當我偶然走過一座吊橋

它的搖晃

會讓我禁不住想起你的詩句

2015/05

發表於《笠》307期，頁181-182

遺忘

090

【輯三】

玫瑰

她是一朵玫瑰
曾經含苞迎接青春盛放的
玫瑰

她是一朵玫瑰
曾經因愛撫而陶醉夢想的
玫瑰

她是一朵玫瑰
曾經艷麗於鼻息親吻的
玫瑰

她是一朵玫瑰
竟然忘記自己滿身利刺的
玫瑰

然而
她是漸次萎謝著的一朵

玫瑰
一朵確實曾經
活過的
人間玫瑰

2014/06

女人的愛

一個女人
一生要用多少淚珠
才能串成
一幅叮咚錯落的
美麗珠簾

一個女人
門裡門外
要望盡多少次
燈起燈滅
才能真正擁抱
那些
寂寞得
無法言語的
愛

2007/09
發表於《笠》262期，頁28

秋

不願
被接收成一顆落果
在春夏的季節漸去漸遠之後
開始思考
熟透了的果香
能拒絕什麼樣的誘惑

想起
一頭脆弱的髮根
忽然同情起
一棵樹
在
秋天
的
心情

2007/10
發表於《台灣現代詩》第12期，頁5

紅豆情

季節的山丘
懷想
曾經有過的輕狂
手織的香巾
也曾濕透
遠方揮別的柔情

痛徹的心
凝結成粒粒
殷紅的思念
憔悴乾枯的形體
在歲月的更迭當中
剝離
以血的顏色
呼喚不死的愛情

發表於《紅豆愛染》合集，頁70

紫色的風鈴絮語

淺釋紫色的深度
有了一些些粉紅的竊喜
還是叫我紫色風鈴花吧
當我以一棵樹的姿態出現
卻不留下任何葉片的時候

請允許我身上的花瓣
以最光燦的姿態
返照冬日夕陽的迴光
此刻的巧遇
絕非刻意的誘惑

請記憶我向晚的容貌
在你已懂得黃昏的時刻
微風中
我本是一株
奇幻又浪漫的紫色風鈴木

2012/12
發表於《笠》296期，頁33

天邊一朵雲

浮生
浮生的一朵情花
攜帶情種

許諾給風
飄浪
飄浪於天空的不定方向

疲乏
疲乏於日夜追逐的
天邊

一朵雲　不知道

究竟是
天空
給予無限的自由
還是

自己被
遺棄在無邊的天際

2008/02
發表於《台灣現代詩》第22期，頁5

季節的魔咒
──白櫻花開

蒼涼的姿影綻開一窗寂靜的深情
誰的鬍鬚竟日纏繞流水浮動的身影

天上的鷹啊
銜著哀傷的眼神巡弋
這時節老天最想要哭泣

是誰在等待
等待一株白櫻樹的蒼老
好用銀髮綴成一朵朵的素櫻
是誰在等待
等待一株白櫻樹的爆裂
以及那終究令人神傷心碎的飄墜

呵！聖美的白櫻樹呀
呵！威美的天之王者呀
是誰用季節的魔咒把愛深鎖

2008/03
發表於《笠》267期，頁27

風的庭院

解纜禁忌話題
你的心
依然無法定位
風的方向

寂寞庭院
長了思念的鬍鬚
遙寄
風的話語

越過寒冬冷冽小溪
風
獨撩西塔琴
神秘
哀傷情緒

呼喚
風

不再蕭瑟庭院
可憐風景

發表於《笠》253期，頁36-37

夜合花
──為客家婦女而寫

折疊著疲累陽光的身影
可曾讓妳綺想過
一朵花的容顏

當黃昏天邊的彩霞
別起一彎初升的月牙
既在揮手
也在招手

卸下面對熾炙的武裝
離開那熟悉得
連想像也無法穿透的田園

她的清麗與聖潔
開始滲溢出
陣陣汗珠浸潤過的幽香

鎖著寂靜且深邃的夜
夜合花喲
夜合花
甘心把一夜無言的浪漫
送給翌晨清醒的風

2008/08

發表於《夜合花——客家原香》合集，頁74-75

那樣的夜晚

那樣的夜晚
我偶然擁有妳的故事
陪妳踽踽於幽暗起伏的小路
聆聽著天下女人都嚮往的愛情
卻不知道該如何為妳慶幸

妳是如此的年輕
受命的靈體卻得無奈地放手
輕輕從迷霧當中飛走
恁塵世間如絲的千萬般繾綣
糾結成一隻折翼的孤鳥
在歲月殘餘的天空
無端放逐
啊！妳不要哭泣
生命的最美已經經歷

落地窗外的竹葉輕掃
陣陣初春的寒意

妳泛紅的眼眶
裝滿痛惜的點點滴滴
來不及結晶的愛情
讓記憶顯得格外明晰
他生前的話語
字字句句
提醒妳的迷惑與勇氣

失心的磅秤啊
指針轉向天人兩隔的交界
妳陪我走向迂迴的階梯
那樣的夜晚
道別是無限憐惜

2013/04

附註：記2013年3月10日與癌症去世的靜宜大學生態所
　　　鍾丁茂教授遺孀林淑惠女士偶然面敘。

發表於《笠》295期，頁39-40

深夜唱讚

幽冥的夜已經到來
仰望無邊的天幕
為何
只閃爍著
孤單的
星星一顆
彷若天神不經意遺落的
珠淚一滴
抖落一身紅塵
靜靜數落起伏的聲息
鐘聲也在深山響起
熄滅一切光影吧
夜在悠鳴

發表於《笠》第301期，頁52

遺忘

108

【輯四】

風水

陰
陽
方位
靈動

羅盤的指針
指向
隱晦的氣場

聽說
一切命定與起伏變化
涵蓋在不可數盡的
數字符號

天地萬法
終究得歸結於

○
與
一

之間的
變化

羅盤的指針
也在沈思
自己的難題

發表於《台灣現代詩》第4期，頁12

井

我的夢的原型
垂掛成一口井
屢屢傳來
錚琮起落的汲水聲

有一種清涼
永遠無法臆測

我的夢的原鄉
在暗夜
等待一輪明月的映照
好透澈井的深度

2007/09
發表於《笠》262期，頁27

老宅

被廚餘傾倒驚擾的夜鷺
以集體嘩然的抗議
振翅飛去
夜的情緒瞬間黯然嘆息

母親極力守護的老宅
早已習慣獨自面對
矮牆外池塘變遷的生態

偶而敞開的門板
越不過廣場
逐漸失去熱鬧的記憶

2007/03
發表於《台灣現代詩》第10期，頁31

故事

我在廢墟裡
聽到你們的聲音
沒有結果的爭執
該如何重建這片土地

海老早退到遠方去了
寂靜的夜晚
依然清晰聽到
船要啟航的汽笛

在這向來些許沉寂的小鎮
你們
埋葬故事
在偶然被喚起的記憶裡

發表於《台灣現代詩》第10期，頁31

疤

不再無瑕
一失足
閃電
斜斜劈向
飽滿的
天庭

既然找不到
上帝的立可白
只好選擇
坦然
閱讀狐疑的眼神

發表於《笠》251期，頁13

美

美站上了鋼索
才了悟
平衡的必要

步步為營的
美漸漸模糊了
原來的面貌

2005/12

發表於《笠》251期，頁13

最美

祢
把我帶上
生命孤高的峰頂

我終於
望向波濤洶湧的
浩瀚海面

清楚
粼粼波光
寧靜的走向

黃昏最美

我清楚地知道
祢

就在海天相連的
那條線上

2010/12
發表於《笠》254期,頁15

諭

偏離的指針
不知該如何與方向對話
呼喚北極星

夜幕必須再更闃黑些
神說
這樣才有可能
走出危險的迷嶂

2006/05
發表於《笠》254期，頁15-16

凝

潛藏

歲月殘酷的傷痕

嵌入鋼鐵捶鑄的骨架

堅實的肌理

透出幾許被柔軟拆卸的線條

他　裸露著向陽的背脊

以鷹隼般的眼神

向著難以參透的未來

聚焦

2008/06

發表於《台灣現代詩》第21期，頁4

歲月

你用你的愛
來測量我的幸福
歲月構築一座長長的橋
我們一路並肩走過
晨露曾經蓄積你我的淚珠
趕在天黑以後
化作滴簷彈奏的音符

2008/06
發表於《台灣現代詩》第21期，頁4

松風

沉眠的崖坡

忘了俯視

腳底波浪的狂傲

羅列而上的松樹

一逕用蒼勁的身軀

抵抗逐次偏高的緯度

那老化龜裂的肌膚

清楚地知道

風的來處

發表於《台灣現代詩》第23期，頁22

往日風華

剝落的時間
堆砌風霜刻劃的形貌
想當初
沒有鎂光燈
也聚焦

歲月的加值
酷愛樹的身段
它的茁壯
或許也是一種滄桑
陪襯的甘願
唯有
單純的風知道

2010/10
發表於《台灣現代詩》第28期，頁65

旺秋

擺一幅桌上的風景
為季節說話
染過色彩的旅程
綻放
如一朵
旺盛的生命之花
它清楚
根生泥土的滋味

秋的黑色背影
突顯
一只綠玉般的壺罐
開口
準備承接神的旨意
當生與死
以不同的顏色
讓姿態平等的時候

2010/10

發表於《台灣現代詩》第33期，頁35

霧中樹

選擇在這裡生根
選擇在這裡茁壯
成排的
一列
永不屈服的士兵
守護著這塊土地
曲折的道路

有時陽光
有時風雨
有時一如此刻的
寂寞
在迷迷濛濛的
霧靄中
挺立自省的柔情

發表於《台灣現代詩》第40期，頁73

我的窗

為了不想囚禁一間房
就開啟一扇窗
窗外
流動著
時間與季節的心情

看一看一天的開始
探一探一天的溫度
測一測一天的可能

我的窗
是一幅變動的風景
有我的沉思
當黃昏
偷偷靠近的時候

2014/01
發表於《台灣現代詩》第40期，頁84

風景

把自己
變成
一幅淡淡的風景

掛在時間的牆壁

寂闃鼾聲
安心
風景的幸福

發表於《笠》253期，頁38

困

網不住掌聲的動力
日漸消瘦的主體
諸多游移

一隻蜘蛛
在雨中

是
主導者
還是
受困者

無法預測級數的
風的侵襲

彈跳
答案的詭異

發表於《台灣現代詩》第8期,頁18

註解

想知道
是愛
是恨
還是演練到最後的
無解

用空白
解釋默契

怕你不懂
加了這麼多的
註解

誰知
你卻怨怪
我表露的真情
留不住詩意

發表於《台灣現代詩》第6期，頁12

替代

你說我的愛
不能替代你的喜歡

自由意志的風
遼闊無邊界的障礙

我只好
獨自瞭望
那塊
交錯吊詭的地方

2006/02
發表於《笠》256期，頁45

潑墨

為了一時的豪爽
墨了一張紙的純潔

殘餘的空白
別無選擇
退居整塊版圖
分據局面

愚蠢
慵懶地窺視
劇情
如何接續
張力

2006/02
發表於《笠》256期，頁46

手巾

有一種遙遠
只有思念才能抵達
我把心
悄悄折疊成
一方
拭淚的手巾

2006/04

發表於《笠》第256期，頁44

遺言

被磨碎的語言
含混著
她一生一世的淒涼
來不及的
就像那經過烈焚的骨灰
隨風飛散

2006/05

發表於2006年9月25日《台灣現代詩》第7期，頁15

醋味

曾經
她用少女初戀的羞澀
和著
天邊的晚霞
為他釀造說不出的祕味
不是酒
也不是蜜
那是春天偷偷為他們
留下的滋味

2009/06

養茗

琥珀茶色的透底
據說來自沉默數載的淨濾
不作為的內斂
甕的擁抱不輕言一語
只讓微微的風不經意地滲透
等待水的溫度慢慢斟酌
適時留住壺的香氣
讓繞舌的層次
一樣
不可言語

2015/05

那一刻

我打開一扇窗
請風進來
一起翻閱不可思議的詩篇
那一刻
詩以純美的姿態出現
用平淡的遺音
告訴我它的存在

醉語

飲六攝烈酒
驅動火焰
濃烈詩人的醉語

解鎖心靈密碼

打開
醬醋人生
盡是詩人的醉語

2006/03

曲

單調不是唯一的理由
和諧才是最終的目標

弦的序曲
安撫了一切雜音

旋律悠揚起伏的迴旋
你怎能解釋成琴的哀怨

2009/01

【輯五】

爸爸的葬禮

一月十一日
流血的日子
忘記是晴　是陰
不過
這是真的
小鎮下了一場大雨
鄉人說
盛滿偌大的鉛桶

萬人空巷
哀嘆　告別的樂聲
妒人的幸福
步步走入冰涼的土中

怎堪回首
一雙乾涸得發了火的眼睛
攤放在祭台上的
是一堆破碎的心

尼姑代言
從此遠離六道輪迴
眾人豎立起一座
不記載文字的紀念碑

發表於《笠》64期，頁15

年夜飯

桌子是圓的
圓的桌子上
我們吃
團圓的年夜飯

爸爸的位子大哥坐
祖母的位子媽媽坐
位子是顛倒了！
而圍了半桌的是
只有血緣沒有緣份的稚子們

酒杯裏滿盛媽媽思念的淚
因著今夜團圓的
她的笑
閃爍在光和影之間

還是乾杯吧！
雖然不過四年的光景

我們一如往昔
彼此祝福的吃著
團圓的年夜飯
而我們圍著的
桌子仍舊是圓的

發表於《笠》88期，頁21

漁火

把賭注點燃夜暗了的海
無數飄搖的眼睛就
眨起希望

望著望著
顫慄的熱情
怎能溫存往日的夜？
出發就是永恆的歸向？

擊碎岩石的浪花
總是夾雜著笑語與哭聲

骰子在漩渦中浮沉
陽光鑄身子為一尊古老的鏡子
恁容顏等候在無線的岸邊

風雨來了
爐灶吹起的
又是哪家幽幽的燐火？

青春呀！
從揚起的風帆飄去
而夜再漆海成黑的時候
我們依舊看到
海上紛紛昇起一盞盞
亮麗的
漁火

發表於《笠》79期，頁22

望

我
立在風中
望你
望你

望成
曠野中的一株
枯樹

想
你回轉過來的瞳中
我的形象
逐漸
逐漸
逐漸消瘦下去

成

地平線上

一粒
失落的塵土

發表於《笠》71期，頁24

項鍊

細細的一條
令人心碎的鍊子
散放著昇華但蒼白的光彩
溶生之律於無言的凝眸

拿這般曲折
套住溫柔的頸項

垂一滴淚珠在胸前
閃爍出一個寂然的影子
那個影子啊
居然別在你的心上

發表於《笠》69期，頁4-5

印

燈雕你的影子
手刻我的名字

季節在你的眉宇之間輪替
迢遙的東方也漂流出
迴響的聲籟

屬於我們的這一季
是春、是夏、是秋、是冬

一刀一注血
千年頑石鏤自你的指尖
是無窮地呼喚

我的思念啊
用不盡血流的紅泥
蓋一掌一掌
我情愫衍生的貝葉

發表於《詩脈》第3期，頁11

關不住的春天

一道陰影遁入屋內
驚嚇的人們
哭喊著突然日全蝕
春天無奈
乘著所有的空隙
　　　　遨遊去了
惟一人
為自己騰出一個無言的位置
目睹
荒塚古墳倒轉歷史的齒輪
心語
死滅的灰燼要復燃
僵硬的血管
必再流一次新鮮的血

發表於《笠》65期，頁38

餘波

屍味的語言
地球含忍脫離軌道的衝動
昨天
人類被迫睜開眼睛
看一齣誰都能夠當主角的
陰晦不堪的戲
今天　我可不管那麼多
就著覆蓋塵垢的衣衫
逕自躺下來
做一場很歷史的夢
夢中千萬不要告訴我
人的土地上萎絕了多少鮮豔的花朵
更不要告訴我
許多人爭著搶那墜離宇宙的天光

我躺下來了
卻看到文明以一隻蛇的形態

伸吐著洪荒時代的毒絲
並聞到一鼻令人嘔吐的氣息

發表於《笠》65期，頁38

律動

看輕嫩的楊柳
被軟風輕輕撩起
盪漾在二月的漩渦中

悄悄拾起一季燦爛的春
讓花的芬芳
落入你的手中
深藏在你有刺的唇

莫問
一對殘廢的鷗鳥
駕著敗落的羽翼
飛向哪裡

睡眠吧　天空
只要你握幾道彩虹
陪我走向那座斷魂的橋

恁漂泊浪中的影子
以她的笑臉
染遍紅色的西天

發表於《笠》69期，頁4

劫數

以我的腳步
印你的足跡
　　成一荒徑
伸向窅冥的斷崖
投墜醃藏的慾望

手抓得越緊
　　墜落的喊叫聲
就越淒厲
……。

摔碎的骨頭
嚼然一如
激起的浪花

惟不變的血色
不知流失在哪裡
不知流失在哪裡

發表於《笠》69期，頁4

斷響

掬一把柔情繫在髮梢
隨枝頭鳥鳴震落幾片花瓣
細聽
遠方傳來一曲哀麗的戀歌
惟夢是組合的音符
披上一襲殘破的影衣
陪它兀自舞在無力的風中

啊！攬斷流水的腰
由那喝醉的影子
　　　倒臥在路的盡頭
俯身拾回一個孤單的實體
慢慢地往回路走
一聲野鶩的長嚎劃過夜空
斜落幾根凌亂的羽毛

發表於《笠》69期，頁5

情歸

不再瞄你錶上的
時針、分針、秒針
就這樣走過
山下不曾凋謝的季節
有往事也是丹楓
一
　　路
　　　醉去

恁是秋風逐秋雨
　　瞄得青苔石階　落落
回首　一地的飄零
何須再見
何須再見
路已被蹂躪得如此瘦弱
叫它如何消受你的步履

發表於《笠》79期，頁22

瞎子

夜來不來都是
永夜

看不到十字路的人生
每踏出一步　就
顫慄在十字路口

往東？
往西？
是南？
是北？

請給我一支能說話的拐杖

不必向我誇耀美麗複雜的色彩
全然黑暗之中
我比你們更純潔

發表於《詩脈》第4期，頁27

瘋子

雷還沒響
風暴已流瀉出
一頭烏黑膠黏的髮

長久的忘我
掩蓋一身白皙的皮膚
裹在銅銹味裡
吃吃地笑著

同情和嘲弄呀
總是隔著一條街

吮過溫柔的唇舌
如今
歌無調
顏無語

漾滿雲霧的眼
傾出烈火
沿街噴燒
不哭不笑的眾生

啊──頓聲厲叫
忽然她
掀煞起揉縐的裙襬
把自己射向街尾的靶心
日就落了

陰影一抹
緊追著
匆匆
掠
過

發表於《詩脈》第4期，頁28

秋時

升火的人剛走
蕭瑟
空化一座森林

林有木
樹無葉
葉嘩落為一襲覆被
溫暖行者的腳步
能否？

風再起的時候
鬢鬚也會泛黃
或許髮不落
雪卻開始從頭上飄起
鞋呢？

發表於《詩脈》第2期，頁4

夢

用什麼鞋
走什麼路
離去之後
只剩下
若隱若現的足跡
若明若晦的臉龐

暗夜裡
擁著一方被
也擁著一方
小小的暗房
兀自映著一齣齣
黑白劇

你和我和其他
是劇中的主角與布景

時間總是那般
不明究裡
流竄著連我也不甚清楚的
情節

而刻劃最深的
無非是
努力掙扎在
昏睡與清醒的
一線之間

發表於《笠》172期，頁48

等待

一番刀光劍影
他們說
你可以休息了
傷痕警告
千萬
　　別躺下

然後
　　一陣死寂
然後
　　秒
然後
　　分
然後
　　時

時間終究還是
輕輕地
邁開了腳步

發表於《笠》65期，頁38-39

溫情

死去的活人
灑下多把種籽

    劇痛
陽光
    迸裂

花開了

燦爛的花瓣上
我看到幾顆
半隱半現的露珠

發表於《笠》65期，頁39

三人行

微風
　　自許著
願
　　一切徐徐地吹過

狂雨
　　　慨歎道
殘落的景象令人發慌

而
小草呀
只是默默地點頭

發表於《笠》67期，頁36

含蓄

不見激情的歡笑
亦無喧闐的談言
在那裏
一朵含苞的小花
綻放出動人的笑靨
以輕快悅耳的節奏
釋意地
向我招搖

發表於《笠》67期，頁36

望凡詩束

【一】

望你
望你成千年的老松
畫我
畫我為攀緣的古藤
輕輕的印記
深深的里碑
留望
是行走的光年
微微笑出好幾個世紀

【二】

一年只三季
冬天不臨我們的國境

你來了
　　　是盛夏
金黃的季節在陽光下跳躍
你走了
三千里外依然盈我滿室花香

夜
夜非夜
眸光彷若爛然的燭火
撥開浪來浪去的暗色
一如雙對亮麗的燈籠
吊吟在風中

至於音與樂
正緩緩流向
以你，以我
為岸的
心河

【三】

這回離去
你依舊是不說「再見」的人
怪我只是個過客
留你在離去的路上
數我們依偎的足印

明天
你見的是山
我見的是海
黃昏裡
你窗外歸巢的白鷺
在我的眼睛裡棲息

風起的時候
你簷前掛的該不是風鈴
而是一串串遺留的笑音

【四】

你的手悄悄圍我
圍我為一座小小的城
城外多少笛音
城外幾株楊柳
也抵不過繞我的幾許東風流水

晨曦雲飛了你
夕暮霞彩了我
吹來的風
飄來的雨
凝你溶我為旋轉的年輪

日日　我望你
就著朝曦
從燦爛的東方升起

發表於《笠》89期，頁31-32

男人

那個不識字的女人說
男人太可怕了

白天用威風的手打女人
晚上用慾望的手摟女人

男人太可怕了

隨時可以製造出
千百萬隻的毒蟲
毒殺他要的女人

昨天才從科學影片中
明白男人的真象

男人太可怕了
不識字的女人說

發表於《笠》171期，頁4-5

女人

女人是花
花有秘密
女人也有秘密

鏡中歲月如流水
花有年齡
女人也有年齡

何必問
她
片刻也無法忍受
瓶中那把
　　垂垂敗落的
花絮

發表於《笠》171期，頁5

現實

生長在都市裡的
純潔的孩子
習慣性用口罩
抵禦被大人
嚴重污染的
空氣

無可奈何
日復一日
咳嗽　打噴嚏
終於成為
他們每天例行的
抗議

孩子的爸爸
先是買空氣淨化機
最近卻不得不開始注意

有沒有人推銷
防毒面具

發表於《笠》172期，頁46

後記

　　短暫的生之旅轉眼驚覺已進入秋季，雖然覺悟自己無可避免的將被遺忘在無情的時間流裡，人終究還是得追求生命的定位與活著的意義。

　　我的幸運來自我所感恩的原生家庭，那是一個不可思議，以善緣來相聚的地方。愛在那裡釋義出幾代生生不息的奇蹟，「親人」在那裡獲得美妙的意義。早逝的父親我來不及回報，九十六歲高齡的母親，體力還可以的時候，每當我或我的家庭有需要的時候，她永遠都可以為我扮演無怨無悔的救援角色，當我自私得抽不出身回去看望她的時候，母親又可以送我連一通電話也捨不得打擾的愛意。

　　小時候我對太幸福常懷有一絲莫名的恐懼，經常不知不覺就投身他者不幸的境遇。成長時期左鄰右舍親族緊密的組合，與親善的討海鄰居意外的經歷，雖然擴張了我對於愛與互助、命運與無常的體示，卻讓我因為提早目睹死亡的各種場景，不斷思索死亡對於生命的深層意義。

　　成為一個詩人需要努力。感謝那些以特殊意義出現在我生命裡的人、事、物，我永遠都捨不得把他們忘記。

遺忘

178

含笑詩叢03　PG1487

 遺忘
　　──林鷺詩集

作　　　者	林　鷺
責任編輯	林千惠
圖文排版	周妤靜
封面設計	王嵩賀

出版策劃	釀出版
製作發行	秀威資訊科技股份有限公司
	114 台北市內湖區瑞光路76巷65號1樓
	電話：+886-2-2796-3638　傳真：+886-2-2796-1377
	服務信箱：service@showwe.com.tw
	http://www.showwe.com.tw
郵政劃撥	19563868　戶名：秀威資訊科技股份有限公司
展售門市	國家書店【松江門市】
	104 台北市中山區松江路209號1樓
	電話：+886-2-2518-0207　傳真：+886-2-2518-0778
網路訂購	秀威網路書店：http://www.bodbooks.com.tw
	國家網路書店：http://www.govbooks.com.tw
法律顧問	毛國樑　律師
總 經 銷	聯合發行股份有限公司
	231新北市新店區寶橋路235巷6弄6號4F
	電話：+886-2-2917-8022　傳真：+886-2-2915-6275

| 出版日期 | 2016年1月　BOD一版 |
| 定　　價 | 220元 |

國家圖書館出版品預行編目

遺忘：林鷺詩集 / 林鷺著. -- 一版. -- 臺北市：釀出版,
　2016.01
　　面；　公分
　BOD版
　ISBN 978-986-445-081-7(平裝)

851.486　　　　　　　　　　　　104026924

讀者回函卡

感謝您購買本書，為提升服務品質，請填妥以下資料，將讀者回函卡直接寄回或傳真本公司，收到您的寶貴意見後，我們會收藏記錄及檢討，謝謝！如您需要了解本公司最新出版書目、購書優惠或企劃活動，歡迎您上網查詢或下載相關資料：http:// www.showwe.com.tw

您購買的書名：＿＿＿＿＿＿＿＿＿＿＿＿＿＿＿＿＿＿＿＿＿＿＿

出生日期：＿＿＿＿＿＿年＿＿＿＿＿＿月＿＿＿＿＿＿日

學歷：□高中 (含) 以下　　□大專　　□研究所 (含) 以上

職業：□製造業　□金融業　□資訊業　□軍警　□傳播業　□自由業
　　　□服務業　□公務員　□教職　　□學生　□家管　　□其它＿＿＿

購書地點：□網路書店　□實體書店　□書展　□郵購　□贈閱　□其他

您從何得知本書的消息？

　□網路書店　□實體書店　□網路搜尋　□電子報　□書訊　□雜誌
　□傳播媒體　□親友推薦　□網站推薦　□部落格　□其他＿＿＿＿＿

您對本書的評價：（請填代號　1.非常滿意　2.滿意　3.尚可　4.再改進）

　封面設計＿＿＿　版面編排＿＿＿　內容＿＿＿　文／譯筆＿＿＿　價格＿＿＿

讀完書後您覺得：

　□很有收穫　□有收穫　□收穫不多　□沒收穫

對我們的建議：＿＿＿＿＿＿＿＿＿＿＿＿＿＿＿＿＿＿＿＿＿＿＿

＿＿＿＿＿＿＿＿＿＿＿＿＿＿＿＿＿＿＿＿＿＿＿＿＿＿＿＿＿＿＿

＿＿＿＿＿＿＿＿＿＿＿＿＿＿＿＿＿＿＿＿＿＿＿＿＿＿＿＿＿＿＿

＿＿＿＿＿＿＿＿＿＿＿＿＿＿＿＿＿＿＿＿＿＿＿＿＿＿＿＿＿＿＿

11466
台北市內湖區瑞光路 76 巷 65 號 1 樓

秀威資訊科技股份有限公司 收

BOD 數位出版事業部

....

（請沿線對折寄回，謝謝！）

姓　　名：＿＿＿＿＿＿＿＿＿　年齡：＿＿＿＿　性別：□女　□男

郵遞區號：□□□□□

地　　址：＿＿＿＿＿＿＿＿＿＿＿＿＿＿＿＿＿＿＿＿＿＿＿

聯絡電話：(日) ＿＿＿＿＿＿＿＿＿　(夜) ＿＿＿＿＿＿＿＿＿

E-mail：＿＿＿＿＿＿＿＿＿＿＿＿＿＿＿＿＿＿＿＿＿＿＿